Über dieses Buch »Der Band ›Balladen von Samstag auf Sonntag‹ ist ein Ereignis. Und von nun an gehört Peter Maiwald zur ersten Reihe der deutschen Lyriker dieser Jahre.
Seit vielen Jahren politisch engagiert, ist Maiwald dennoch kein politischer Lyriker, kein Ideendichter. Wenn sich in seinen Gedichten ein zentraler Gedanke finden läßt, dann ist es der Protest gegen das soziale Unrecht. Und wenn es hier ein zentrales Motiv gibt, dann ist es die Sehnsucht nach Glück, nach Liebe. Aber er, Brechts gelehriger und dankbarer Schüler, hat er denn nicht den Ehrgeiz, die Welt zu verändern? Nun, das ist schon ein großes Pläsier, es stärkt das Selbstgefühl derer, die an ihm teilnehmen, und versetzt sie in beschwingte Laune – selbst wenn sie nicht das geringste erreichen.« Marcel Reich-Ranicki

Der Autor Peter Maiwald wurde 1946 in Grötzingen (Kreis Nördlingen) geboren und studierte in München. Seit 1968 ist er freier Schriftsteller und lebt heute in Düsseldorf. Im S. Fischer Verlag erschien ›Das Gutenbergsche Völkchen. Kalendergeschichten‹.

Peter Maiwald

Balladen von Samstag auf Sonntag

Gedichte

Fischer
Taschenbuch
Verlag

Ungekürzte Ausgabe
Veröffentlicht im Fischer Taschenbuch Verlag GmbH
Frankfurt am Main, Juli 1991

Lizenzausgabe mit freundlicher Genehmigung
der Deutschen Verlags-Anstalt GmbH, Stuttgart

Typographie: Hans Peter Willberg, Eppstein
Umschlagentwurf: Buchholz/Hinsch/Hensinger
Umschlaggrafik: Alfons Holtgreve
Druck und Bindung: Clausen & Bosse, Leck
Printed in Germany
ISBN 3-596-10676-1

I

WIE ES GEHT

Heut geht es mir gut
und morgen besser.
Herr Nachbar nehmt
aus meinem Rücken das Messer.

Heut brau ich mein Bier.
Morgen schenk ich mir ein.
Herr Nachbar nehmt
vom Grab mir den Stein.

Plaschek hat Anna in den Arm genommen
und nichts gesagt.
Anna ist mit Plaschek gekommen
und hat nichts gefragt.

Sind durch die leeren Straßen gegangen
bis Nummer vier.
Plaschek ist zum Büdchen gegangen
für zwei Flaschen Bier.

Ist eine warme Nacht gewesen
und oben kein Mond.
Anna hat das Türschild gelesen
wo Plaschek wohnt.

Sind auf dem kleinen Bett gesessen
so vier fünf Schluck.
Haben die große Stadt ganz vergessen
und waren genug.

Plaschek hat Anna gerufen
mit seiner Hand.
Anna hat Plaschek gerufen
bis er sie fand.

Fragten im Dunkeln die Augen:
siehst du denn mich?
Fragten im Dunkeln die Hände:
begreife ich dich?

Fand Plaschek die Zigaretten
in dem Jackett.
Träumt Anna von großen Betten
und fragt Plaschek wie's geht.

Lagen die Nacht noch lange zusammen
bis Morgengraun.
Sagten noch oft ihre Namen
und taten sich schaun.

Plaschek hat Anna in den Arm genommen
und schlief ruhig ein.
Anna ist mit Plaschek weggeschwommen
und mochten so sein.

Das war die Käthe Krings.
Wir haben sie begraben.
Sie hat die Welt gewollt
und hatte nichts zum Haben.

Da scheint der Tod nicht schwer
und doch wollt sie nicht gehen.
Es hat die Käthe Krings
die Menschen gern gesehen.

Doch fiel die Gicht ihr früh
in Arm und beide Beine.
So kam sie auf den Hund
und war so sehr alleine.

Sie hat für fünfzig Jahr
sich leise abgeschunden
und hat sich nicht beklagt
und ist ganz still verschwunden.

Nur einmal sah man sie
die Hand im Zorn erheben.
Als wer den Hund anfuhr,
da schrie sie um ihr Leben.

Deutschland: Rabenmutter.
Das Aas steht gut im Futter.
Die Rechnungen gehn auf.
Das Geld nimmt uns in Kauf.
Die Flüsse bleiben stehn.
Die Kriege kann man sehn.
Die Leben sind gelebt.
Die Löcher sind gewebt.
Die Zukunft ist verteilt.
Erhängt: wer angeseilt.
Die Sonne scheint noch immer.
Der Schein macht alles schlimmer.

Im Posthörnchen am Tresen
tun abends Männer stehn,
die sich ansehn und lesen
Geschichten, die wortlos geschehn.

Sie haben vor sich Biere,
die sehn aus wie das Meer
und ein paar schöne Tiere
schwimmen von unten langsam her.

Die Palmen wachsen saftig
aus Bier und Apfelkorn
und auch ein Weib, leibhaftig,
zeigt sich von hinten und von vorn.

Der Schaum fliegt hoch wie Watte
zum Himmel überm Hahn.
Der Wirt drückt eine Platte
und streicht den siebten Himmel an.

Da ist gut sein im Leben
in diesem Land aus Rauch,
aus Musikbox und eben
aus ungeheuren Dürsten auch.

Die Arbeitsnot ist Ferne.
Die Teurung ist Hawaii.
Die Männer träumen gerne
daß Angst ein fremdes Fremdwort sei.

Im Posthörnchen am Tresen,
wenn dann die Männer gehn
und Franz winkt mit dem Besen,
dann sind sie traurig schön.

Ich bin ins schwarze Bier gefallen und ich schwimm
durch viele schmale Gläser voller Traum.
Die scharfen Worte, Nachbarn, spür ich kaum.
Ich lebe wohl und gebe mich im Lande Nimm.

Die Haut, die mir wächst, trägt auch einen Elefant
durch Dschungelcity und durch Geldscheinstadt.
Lobe den Korn, der bessre Nerven hat.
Sein Fernglas nehm ich lachend in die Zitterhand.

Und halt mich aus und meine Mörder halt ich frei.
Ich sing eh mir der Morgen wieder graut:
ich bin der nächste Mensch in meiner Haut.
Und fall mir um den Hals und würge mich dabei.

Die Überschwemmung ist mein Sandsack und hält mir
die Angst vom Leib.
Manchmal treibt eine nachts vorbei und blaue Lippen
bitten: bleib.

Es ist mir aufgetragen, daß ich euch auftrag.
Und möglichst dick. Mein Hintern spielt da eine Rolle.
Der Chef will Bons und sagt: daß ich mich schicken solle,
und meinen Ausschnitt kontrolliert er jeden Tag.

So schick ich mich. Doch schickt sich nicht ein
dicker Bauch.
Die Trinkgeldhände laß ich meinen Körper greifen.
Die Weiber laß ich hinter meinem Rücken keifen.
Ich habe einen Kerl, doch den bedien ich auch.

Er trinkt mein Bier und sieht in meinem Zimmer fern.
Wir liebten uns, und er ist mir davon geblieben.
Der Anwalt seiner Frau hat zweimal schon geschrieben.

Ich träume, wenn er schläft, von andern Städten gern.
Seid froh: Ihr seht mich nicht um ein Uhr nachts am
Spülblech stehn.
Ich zieh den Stopfen, seh den Dreck absaufen und
denk: schön.

Seh in das Bierglas und seh mein Gesicht
und sag gerührt: Leb wohl du alte Haut.
Ich fühle dich und zittre dabei nicht.
Nicht eine Runzel, vor der mir je graut.

Ich leer das Glas auf mich in einem Zug
und das Gesicht im Glas lacht mir vom Grund.
Ich hab an Jahren lange nicht genug
und ich erwarte mir noch manchen Fund.

Den Ängstlichen spuck ich in ihr Gegrein.
Die schwarzen Kleider gönne ich dem Tod.
Ich hab noch Beine und nicht ein Gebein

und davor leid ich keine liebe Not.
Bleibt mir vom Leib mit jedem Sterbenswort
bis daß ich liege in der Grube dort.

Sie gehen langsam durch das Netz der Straßen und der
Stunden.
Die Wirtschaft hat noch blanke Hähne, die nach ihnen
krähen.
Die Jungen frösteln, wenn sie ihre Alten sehen
in Sonntagskleidern, die verbergen was sie abgeschunden.

Die Vormittage sind ein Haus mit bunten Automaten.
Sie starren auf das Glücksrad regungslos als ob sie beten.
Sie retten sich mit Kleingeld und auch unseren Planeten
vor allen Feinden und bekommen Hunger nach den
Taten.

Sie stehen mittags um die Buden mit Ketchup, Wurst
und Fritten
und schauen auf die Uhr, als würden wo Fabriken warten.
Sie sitzen stumm im Park und teilen sich die schlechten
Karten
und geben etwas, wenn wo in der Stadt die Bettler bitten.

Im Kaufhaus lassen sie sich lange die Geräte zeigen,
die teuer sind und sagen: Dankeschön, ich komme wieder.
Sie kennen mit der Zeit die Worte aller Schlagerlieder
und schauen süchtig den Verkäuferinnen zu und
schweigen.

Sie gehen langsam heim (die Kneipe noch!) um sechzehn
Ecken.
Im Hausflur tun sie so, als ob sie von der Arbeit kämen.
Sie sind wie Knechte, die sich ihrer Herren heimlich
schämen,
bevor sie sich zur Nacht vor ihrem Fernseher verstecken.

Mein Mann ging mir verloren.
Mein Mann ging zur Fabrik.
Er ist sehr früh gegangen
und kam sehr spät zurück.

Und der zurückkam war nicht
der Mann, den ich gekannt.
Die Hand, die mich berührte,
das war nicht seine Hand.

Der Mund, der meinen küßte,
der schmeckte kalt nach Rauch.
Und was der Mann mir sagte,
das sagen andre auch.

Die Augen, die ich liebte,
die sahen mich nicht an.
Und der mich trug vor Tagen
war jetzt ein schwacher Mann.

Die Wohnung für uns beide
die war nun riesengroß.
Die Dinge, die wir hatten,
waren die Dinge bloß.

Mein Mann ging mir verloren.
Mein Mann kam mir ganz fremd.
Wir liegen nachts in Betten
als lägen wir im Hemd.

In ihren Träumen schlafen sie mit Messern.
Sie decken sich mit Stadtanzeigern zu.
Sie knurren um die Restaurants mit Essern.
Der Hunger gibt trotz Wermut keine Ruh.

Dann träumen sie vom Mond, dem kalten Reichen.
Ihr Messer trifft: er fällt zur Erde platt.
Sie haben eine Rechnung zu begleichen
stückweis, daß von dem Schwein ein jeder hat.

Sie gehen mit den Stücken in Geschäfte
und kaufen Schinken, Schnäpse, Torten, Wein,
den Pelz fürn Leib und für die Füße Schäfte,
erst an der Kasse sagt wer plötzlich: Nein!

Da legen sie zwei Handvoll Mondgesteine
vor und erschrecken, daß kein Stück mehr glänzt.
Die Polizei nimmt sie an ihre Leine.
Der Knast ist eine Schule, deren Lehrer schwänzt.

Sie kommen wieder wie der Ort zum Täter.
Kein Tag, der nicht den nächsten schon verrät.
Sie schreien trunken: Mond, du Hundsverräter,
wenn er nachts voll über dem Bahnhof steht.

Wie würden sie den Ort gelassen bessern.
Der Zug, der ihrer wäre, ist längst raus.
In ihren Träumen schlafen sie mit Messern
und stechen Fahrplänen die Augen aus.

Die Tage waren trübe.
Die Tage waren blaß.
Sie wollten eine Liebe.
Sie hatten einen Haß.

Paul haßte alle Alten.
Fred haßte alles Geld.
Fuzz wollte einfach leben.
Sie fanden keine Welt.

Sie fanden einen Alten.
Sie nahmen ihm sein Geld.
Sie wollten einfach leben.
Sie waren schnell gestellt.

Die Tage wurden trübe.
Die Tage wurden blaß.
Sie wollten eine Liebe.
Sie hatten einen Haß.

Paul haßte das Gefängnis.
Fred haßte Polizei.
Fuzz haßte seinen Helfer.
Sie kamen nicht von frei.

Sie freiten nachts ein Mädchen.
Sie nahmen ihm den Leib.
Sie wollten einfach leben.
Das Zuchthaus war ihr Bleib.

Die Tage wurden trübe.
Die Tage wurden blaß.
Sie wollten eine Liebe.
Sie hatten einen Haß.

Paul haßte alle Weiber.
Fred ließ sie für sich gehn.
Fuzz raubte Automaten.
Sie mochten sich nicht sehn.

Sie schlugen einen blindlings.
Sie schlugen einen blind.
Sie schlugen laut mit Ketten,
daß man sie endlich find.

Die Tage wurden trübe.
Die Tage wurden blaß.
Sie wollten eine Liebe.
Sie hatten einen Haß.

Haste ne Mark?
Ich hab nichts zu fressen.
Ach Gott, ach Gott,
ach Gott, ach Gott
hat mich vergessen.

Haste ne Mark?
Ich hab nichts zu trinken.
Ach Gott, ach Gott,
ach Gott, ach Gott
ließ mich versinken.

Haste ne Mark?
Ich hab nichts zu wohnen.
Ach Gott, ach Gott,
ach Gott, ach Gott
tat's mir nicht lohnen.

Haste ne Mark?
Ich hab nichts zum Lieben.
Ach Gott, ach Gott,
ach Gott, ach Gott
ist mir geblieben.

Steht an der Haltestelle auf Samtsandaletten
im lila Fähnchen mit dem Hennahaar,
und zeigt durchsichtig Schenkel, die gern Hände hätten
und wartet auf die Trambahn mit dem Star.

Sie sieht den Autos nach, hört die Musikmotoren
und schwenkt die Tüte Kinky Nummer eins.
Sie riecht nach Sommerwassern grün hinter den Ohren,
und jeder von den Männern denkt sich seins.

Dann kommt die Bahn und sie steigt ein auf Wochenkarte
und fährt sehnsüchtig vier Stationen mit
und betet bilderlesend, daß danach wer warte,
bevor sie das Büro betritt.

Dort sitzt sie stundenlang verstummt und taub und
schreibt zehnfingerblind.
Um fünf nimmt sie die Plastiktüte, in der alle ihre
Träume sind.

Erzähl keine Märchen,
sagten wir,
wenn Babeck sprach.

Der spinnt doch,
sagten wir,
wenn Babeck schrie:
Ich kann fliegen.

Hau doch ab,
sagten wir,
wenn Babeck kam:
Ich liebe die Menschen.

Geh mal zum Arzt,
sagten wir,
wenn Babeck hechelte:
Ich ersticke hier.

War doch abzusehn,
sagten wir,
als Babeck verschwand
für ein paar Tage.

Erzähl keine Märchen,
sagten wir,
als einer sagte:
Babeck ist tot.

1
Da war groß eine Liebe
in einer kleinen Straß.
Paul Anger konnte lachen.
Hösch Lene liebte das.

2
Die Liebe ist vergangen
und keiner weiß es wie.
Die Lene ging alleine
und Paul ging ohne sie.

3
Die Lene saß im Zimmer,
ein Schatten an der Wand,
zwei Tassen auf dem Tischtuch,
Pauls Briefe in der Hand.

4
Oft auf den Rheinwindwiesen
sah man sie endlos gehn.
Man konnt sie auf den Sänden
mit Fischen reden sehn.

5
Der Kornschnaps wärmt im Winter.
Die Musik hat Gemüt.
Der Wirt hört Lene sagen:
Das war Paul Angers Lied.

6
Am Freitag gibt es Feste.
Zum Tanz gehn viele Herrn.
Doch Lene ging nie tanzen.
Mit Paul ginge ich gern.

7
Die auf der Arbeit sagten:
Lene, wo ist dein Mann?
Und Lene sprach: auf Reisen.
Und niemand fragte: wann?

8
Sie las in dicken Büchern
manch traurige Geschicht
vom Lieben und Vergehen
und dachte: wir zwei nicht.

9
Nur in den Sommernächten,
wenn warm die Winde stehn,
da liefen ihr die Tränen.
Das hat niemand gesehn.

10
So ging es dreißig Jahre.
Die Haare wurden grau.
Die Nachbarn grüßten freundlich
Lene Paul Angers Frau.

Die Marie Ross, verschlagen in die kleine Stadt.
Der Rheinfluß hat sie aufgeschwemmt.
Sorgt, daß ihr Grab im Herbstwind Efeu hat.
Sie liegt hier in zu leichtem Hemd.

Und ging seit Jahren durch uns durch mit manchem Mann
für wenig Lust und wenig Geld.
Da fing die Haut zu falten an.
Sie hat die Tage abgezählt.

Da ist sie in den Fluß gegangen, der glatt floß.
Die Nacht war gnädig, ohne Schein.
Die Luft war warm, daß sie die Kälte fast genoß
und ließ sich fallen wie ein Stein.

Die, wird man sagen, war so eine, die tief sank.
Sie hatte Durst nur, und ertrank.

Himmelgeist ist ein Ort am Rhein, wo der Fluß Bögen schlägt und dem Land die Ertrunkenen zurückgibt.

Heut hat mich ein Kind gemalt.
Das Auge war ein Punkt.
Die Nase war ein Strich.
Der Mund bog lachend sich.
Ich stand wie eine Acht.
Das war geprahlt.

Sah mich an die Wand gestellt.
Die Arme ein Geäst.
Die Beine spinnendünn.
Nicht Faust, nicht Kantenkinn.
Das bläst ein Wind schon aus
der harten Welt.

Sahn mich alle, die da gehn.
Und Lisbeth rief: genau!
Und Hanne rief: wie echt!
Und Paule rief: nicht schlecht!
Und fuhren schwatzend fort
und blieben stehn.

Heut hat mich ein Kind gemalt.
Ich sah mir ins Gesicht.
Ein Kunststück kreidebleich.
Ein Kunststück kinderleicht.
Ein Kunststück nicht bestellt
und nicht bezahlt.

II

GRABSCHRIFT KNIGGES

Damit die Bürger
besser miteinander auskamen
schrieb er ihnen ein Buch
voller Höflichkeiten.
Seine Nachkommen
starben im Mansfeldischen
1920, weil sie auf Arbeiter
geschossen hatten.

1
Das Kind kam auf die Erde.
Die Leute sagten: werde.
Da war zu wenig Brot.
Da war das Kind schnell tot.

2
Das Kind kam in die Hölle.
Da gab es keine Stelle
für armer Leute Kind,
weil es so viele sind.

3
Das Kind kam in den Himmel.
Da stand ein weißer Schimmel.
Drauf saß der liebe Gott
und ritt das Kindlein tot.

4
Das Kind kam zu den Toten
die niemanden bedrohten.
Die nahmen es in Arm
und hielten es sehr warm.

Steht mein Land im Regen.
Steht die Stadt im Sturm.
Befehl: Auf allen Wegen
Friedhof Grab und Wurm.

Hör die letzten Bäume.
Seh den letzten Schnee.
Träum die letzten Träume.
Tu mir nicht mehr weh.

Stehn im Schrank die Bücher.
Steht ein Volk vernarrt.
Leute: »Schnell wie Blücher«.
Sprichwort: Todesart.

Unten im Gnadental
geschah eine Geschicht,
die hat schön angefangen
und endete so nicht.
Die Hester Jonas war
des Peter Meurer Weib.
Sie hatte grobe Hände
und einen jungen Leib.

Die Tage waren Arbeit.
Die Nächte waren leer.
Und Hester hatte Träume
und träumte immer mehr.
Und morgens an der Erft,
wenn sie die Wäsche rieb,
erzählte sie den Frauen,
was von den Träumen blieb.

Da war aus Wein der Fluß.
Die Bäume trugen Brot.
Im Hammfeld blühten Kirschen,
die warn im Winter rot.
Kein Krämer fuhr den Karrn.
Kein Geld brauchte ein Kleid.
Kein Mensch brauchte zu darben.
Kein Weg war mehr zu weit.

Die Frauen hörten sie
mit lachendem Gesicht.
Schön waren Hesters Träume
und schadeten doch nicht.

Und mittags auf dem Markt,
wo mancher Händler rief,
geschah, daß um die Jonas
mehr Volk zusammenlief.

Die Städte werden falln
wo reich nur wenig sind.
Die armen Leute steigen
zum Reichtum ohne Sünd.
Und gibt nicht mehr den Fürst,
nicht Bischof und nicht Zar,
und wird nichts sein am Morgen
wie es am Abend war.

Die Männer zeigten ihr
oft einen schiefen Mund.
Die bessern sagten: Hester,
du richtest dich zugrund.
Des nachts zum kühlen Gras
kamen sie hungrig doch
und wollten Hesters Träume
und baten: heute noch.

Da kamen in der Früh
zwei Männer aus der Stadt
und schleppten Hester Jonas
vor einen Magistrat.
Da war die Red von Gott.
Da war die Red von ihr.
Da war die Red von Träumen,
die kränken Mensch und Tier.

Und quetschten ihr den Hals.
Und brachen ihr Gebein.
Die ganze Stadt hat Tage
voll Hester Jonas' Schrein.

Und unterschrieb die Schuld
mit der verkrümmten Hand
und schrie noch lange Träume
bis sie das Feuer fand.

Das war vor langer Zeit
und weiß kaum einer mehr.
Und Hester Jonas' Leute
verbrennt man heut nicht mehr.

Hester Jonas, Ehefrau des Peter Meurer an der Windmühle zu Neuss, verbrannt am 24. Dezember 1635 dortselbst.

Hau ab, Mensch, elender
Angeber mit Mühe, Lastesel
ohne Sinn und Ergebnis.
Kein Mitleid mit dem.
Beim dritten Mal läßt man's,
oder beim siebten bei langer Leitung.
Der Stein wär besser
für ein Haus oder eine Straße,
wo's weitergeht. Arschloch!

1
Nah bei Greffrath auf dem Feld
warf ein Weib ihn in die Welt
und: der Fetzer: war sein Nam,
weil es fetzte, wenn er kam.
Schlug nicht, weil er Schläge liebt,
sondern: weil man sonst nichts kriegt.
Lest vom Fetzer: wie er lebt,
daß ihr ihm ein Ansehn gebt.

2
Wer nur Kohl hat, wird nicht satt,
sprach der Fetzer und Soldat
ist ein besseres Gewerb
als gedeihlicher Verderb.
Zu den Generälen geht,
weil der Krieg dort reichlich steht!
Arme Leute in der Not
schießen sich ums Leben tot.

3
Ach: wer arm ist: nie gewinnt,
sagt der Fetzer und er nimmt
sich das Geld vom Regiment
nächtlich und schwer unterm Hemd.
Und der Fetzer ging vom Krieg
weg mit Hand und Fuß und Sieg.
Und weil's Geld nicht lange hielt,
kriegt er weiter, denn er stiehlt.

4
Wißt: die Welt ist ziemlich reich,
nur die Leute nicht so gleich,
fand der Fetzer und er stahl

von den Reichen allemal.
Himmlisch zeigt die Kirchturmspitz
Fetzer Gott und Geldes Sitz.
Denn wer Geld hat: Herr, woher?
Fetzer fand viel Hände leer.

5
Hört: im Lande das Geschrei,
daß kein Mensch mehr sicher sei,
schrie der Junker und Baron
und der Pfaff im selben Ton.
Viehhändler und Kaufmannsstand
wuschen ihre Räuberhand.
Doch die Löhner und die Knecht
sahn im Fetzer sich gerächt.

6
Geld, sprach Fetzer, liebe Leut
ist die größte Sinnlichkeit.
Doch im Frühjahr steht das Holz
saftig und auch Fetzer schmolz
wie der Schnee vom letzten Jahr
und was an ihm männlich war.
Und: die Geld nahm: Gertrud Struck
war ihm arm und reich genug.

7
Soff die Jahre nicht sein Bier,
stahl und schrie: Der Fetz war hier.
Gertrud gab ein Kind zur Welt
welche Menschen nicht erhält,
sei denn: jemand dreht ein Ding,
weil die Welt nicht an ihm hing
wie dem Fetzer Neuss am Rhein
sackte dort das Silber ein.

8
War gefangen und entging
weil sein Arsch so schwer ihm hing
an dem Leben, das er liebt
und das nichts zu leben gibt.
An der langen, langen Heck
lebt der Fetzer im Versteck
der Gesellschaft, die selbst fetzt
und darüber sich entsetzt.

9
In dem Puff nah bei Neuwied
sah er sie: das alte Lied:
schwarzes Haar, ein Rock, Christine.
Sie sprach nichts und meinte ihn.
Ach: das Leben ist ein Furz
viel zu schwer und viel zu kurz.
Liegt an einem, was man tut.
Fetzer tat's. Und mit Gertrud.

10
Die Geschichte weiß der Wind,
der auch friert, wo Fröste sind.
In der Nacht am Kappesfeld
steht ein Mann, und eine fällt
und ein Stein, ein Schrei, der gellt.
Viel zu klein ist Fetzers Welt.
Früh am Morgen sah man ihn
weggehn, ohne Gertrud, mit Christine.

11
Viele Wölfe sind am End
auch des einen Wolfes Tod.
Fetzer sag, wie geht's? Er rennt

um sein Leben um die Not.
Doch der Doktor Guillotine
findet Fetzer und Christine.
Nehmt euch: Brüder: aus dem Lied:
daß ihr nicht in Kriege zieht

12
die zu klein sind und verlorn,
dazu seid ihr nicht geborn.
Schlagt euch: Brüder: in der Not
nur die großen Räuber tot
und die kleinen Räuberein
werden nicht mehr nötig sein.
Dieses Land hat nicht Moral
wo zu leben heißt: bezahl.

13
Gut sind fünfundzwanzig Jahr
wenn ich jetzt zur Hölle fahr,
sprach der Fetzer, fahr ich gern,
denn zu teuer war mein Stern.
Und wenn ihr ihn neu vermeßt,
macht ihn, daß er leben läßt
und ein jeder länger lebt
wenn ihr ihn zu Erde gebt.

Mathias Weber (1778–1803), genannt »der Fetzer«, hat mit seiner Bande 181 gewaltsam gelungene und 121 mißlungene Diebstähle begangen und endete in Köln unter der Guillotine.

Nehmt mir den Dichter ab.
Ich will aus der Haut.
Das Gras wächst über's Grab.
Der Himmel drüber blaut.
Die Vögel pfeifen drauf.
Der Regen hört nicht auf.
Die Züge fahren stets.
Die Menschheit sagt: wie geht's?
Die Mörder laufen frei.
Die Diebe stehn dabei.
Die Schläger schlagen zu.
Die Opfer geben Ruh.
Das Gras wächst über's Grab.
Nehmt mir den Dichter ab.

Sie wusch dem Blockwart die Betten.
Sie wischte dem Gauherrn die Schuh.
Sie fragte, ob sie noch was hätten
und summte beim Waschen dazu.

Ich geh nach meinem Liebsten
dort wo die Blutbuchen stehn.
Sagt, habt ihr meinen Liebsten
in Oranienburg gesehn?

Sie nahm vom Blockwart die Münzen.
Sie nahm vom Gauherrn den Schein.
Sie steckte das Geld in die Schürze
und wusch sich am Abend sehr rein.

Ich geh nach meinem Liebsten
dort wo die Blutbuchen stehn.
Sagt, habt ihr meinen Liebsten
in Oranienburg gesehn?

Sie stieg in den Zug am Morgen.
Sie kam des nachts nach Berlin.
Sie bat ein Bett ihr zu borgen
und nahm schlechte Worte hin.

Ich geh nach meinem Liebsten
dort wo die Blutbuchen stehn.
Sagt, habt ihr meinen Liebsten
in Oranienburg gesehn?

Sie stand sehr früh an der Straße.
Sie fuhr mit Soldaten mit.
Sie ging auf der Lagergasse
und nannte dem Posten die Bitt.

Ich geh nach meinem Liebsten
dort wo die Blutbuchen stehn.
Sagt, habt ihr meinen Liebsten
in Oranienburg gesehn?

Sie saß allein in der Zelle.
Sie hatte geschorenes Haar.
Sie schenkte das Essen mit einer Kelle
und sang, solang sie am Leben war.

Ich geh nach meinem Liebsten
dort wo die Blutbuchen stehn.
Sagt, habt ihr meinen Liebsten
in Oranienburg gesehn?

DMITRI MICHAILOWITSCH KARBYSCHEW

Da war ein Feuer in ihm
das sie nicht löschen konnten.
Da führten sie ihn ins Freie
bei zwanzig Grad Kälte und schossen
aus Feuerwehrschläuchen Wasser
so lange da war ein Feuer
bis er mit einer Eiskruste
bedeckt war und rief noch
Mut Genossen in die Nacht
in Mauthausen im Winter
da war ein Feuer im Freien
vor unserer Zeit.

Dmitri Michailowitsch Karbyschew, sowjetischer General, ermordet am 17. 2. 1945 im Konzentrationslager Mauthausen.

MEIN VATER

Mein Vater war in Charkow.
Am Bahnsteig eine Leich.
Da mußtest du hart werden.
Leben heißt Krieg auf Erden.
Mein Vater wurd nicht weich.

Mein Vater war in Friedland.
Die Stadt war ein Ruin.
Da mußtest du was hamstern.
Da mußtest du was gangstern.
Mein Vater kam so hin.

Mein Vater war in Schwaben.
Die Freiheit war ein Haus.
Da mußtest du dich sparen.
Da zahlst du mit den Jahren.
Mein Vater zahlt sich aus.

Mein Vater war entlassen.
Die Firma war bankrott.
Verlaß heißt: bist verlassen.
Du brauchst doch was zum Fassen.
Mein Vater glaubte Gott.

Mein Vater ist erblindet.
Der abgeschlagne Mann.
Ich wünschte, ihr begründet
ein Land, wo man sich findet
und sich noch sehen kann.

Suche für's erste ein Grab
(damit ich was Sicheres hab).

Pflanze danach einen Baum
(zum Zäune und Galgen baun).

Baue zum dritten ein Haus
(und sperr alle Hauslosen aus).

Zeuge zum vierten ein Kind
(damit wir nicht wehrlos sind).

Schreibe zum letzten ein Buch
(das Leben ist schwer genug).

Das war in den Pyrenäen.
Da war ein großer Regen.
Da sind wie erste Fliegen
die Aeroplane gelegen.

Chavez der Mexikaner
flog hoch in das Wetter
und ließ zurück ein Murmeln:
Der Mensch versucht die Götter.

So flog der erste Mensch im Sturm
über die Pyrenäen
und als er wiederkam hat man
den Flieger lachen sehen.

Die Leute unten tanzten
und manche riefen hoch: Hurra!
Und das war, was Chavez noch hörte,
bevor er stürzte, wo er auftraf, da.

Sie öffneten seine Wohnung
und erschossen ihn
aus dem Schrecken
den man ihnen eingejagt
hatte vor Staatsfeinden
und aus der Überraschung
daß da ein nackter Mensch
stand vor ihnen.

Der Schotte Iain MacLeod, irrtümlich terroristischer Verbindungen verdächtigt, wurde am 25. Juni 1972 frühmorgens bei einem Polizeieinsatz erschossen.

Da wird kein Siegfried uns erschlagen
und Abel trinkt ein Glas mit Kain.
Herodes stellt die Suche ein.
Noch gibt es Mann und Roß und Wagen.

Noch gibt es die Courage mit Söhnen,
noch gibt es Margaretes Kind,
und Ödipus ist noch nicht blind,
und Brutus läßt Cäsar verwöhnen.

Doch zeigen sich entsetzt Kometen
und Wände decken sich mit Schrift.
Der Gast, mit Grausen eingeschifft.
Die Wasser steigen in den Städten.

Ich halt ein Kind mit Apfelhaut
die Frau bis uns der Morgen graut.

SPRUCH

Wir haben unsern Baum gepflanzt.
Der Baum ist uns gestorben.
Wir haben unser Kind gezeugt.
Das Kind ist uns verdorben.
Wir haben unser Haus gebaut.
Das Haus ist uns zerfallen.
Wir haben auf den Krieg gesetzt.
Und das blieb von uns allen.

III

DIE LIEBENDEN

Wir machen Karneval.
Wir haben uns verkleidet.
Ich steck in deiner Haut.
Du steckst in meiner Haut.
Wir spüren wer wen leidet.

Wir haben uns mal leid.
Wir können uns gut leiden.
Ich steck in deiner Haut.
Du steckst in meiner Haut.
Wir haben was von beiden.

Die Liebe nicht zu groß.
Sie soll mit Mangel sein.
Das Große kostet bloß
und braucht zu viele klein.

Die großen Zeiten sind
am End zu tödlich und
auf großem Fuß gelebt
bracht viele auf den Hund.

Die großen Worte sind
gesagt getan zum Schluß
ein Gräberfeld worauf
wer kleiner dachte muß.

Der großen Kriege Dung
der kleinen Zeiten Wind
sind du und ich die groß
allein im Frieden sind.

BRIEF

Was ich dir sagen will
liegt auf der Zunge.
Die Katze kriegt Junge.
Die Nächte sind sehr still.
Die Pappeln stehen noch.
Frau Hucks läßt grüßen.
Alfred hat's an den Füßen.
Die Hose hat ein Loch.
Bei Gerda sieht man's schon.
Das Fleisch wird teurer.
Sie entlassen bei Meurer.
Miller geht in Pension.
Montags ist wieder Müll.
Mir sticht die Lunge.
Was ich dir sagen will
liegt auf der Zunge.

Ihr rotes Haar, das wie ein Vorhang fiel,
barg uns für eine halbe Nacht.
Sie war sehr jung und sprach mit mir nicht viel.
Sie hat mein Zögern ausgelacht.

Als ich sie ansah, sprach sie: halt mich fest
für diese eine kurze Zeit.
Geh schnell, wenn du mich in der Früh verläßt.
Jetzt will ich deine Zärtlichkeit.

Es ist nur, weil so nacht ist und die Angst
mir heute große Augen macht.
Ich lieb dich nicht, will nicht, daß du's verlangst.

Es ist genug, wenn du mich magst
und bleibst, daß ich den zweiten Atem spüre
und mich nicht fürchte und mich nicht verliere.

Aus dem letzten Loch gepfiffen.
Beine grabwärts bis zum Knie.
Totengräberarsch gekniffen.
Sprang vom Spaten, aber wie.

Lob die Stunden, die mir bleiben.
Jede einzeln. Mein ist mein.
Will mich leben mit uns beiden.
Werf vom Grab den ersten Stein.

Mensch: Türe zu. Komm rein, es zieht hier, Mann.
Das ist der Abfluß. Klar: er riecht.
Willste kein Kino? Hab nichts an.
Die Nachbarn sind jetzt alle auf der Schicht.

Nun mach schon, Kleiner. Hier wird's eklig kalt.
Schön wär ein Fläschchen Korn.
Du kannst nicht? So jung und schon alt.
Mein Alter sah mich gern von vorn.

Ach was. Nun trau dich. Du bezahlst ja nicht.
Ich lieg im Bett, weil ich so spar.
Sie sperrten gestern mir das Licht.
Was grau ist war mal starkes schwarzes Haar.

Dann eben nicht, mein Liebchen. Hau doch ab.
Kalte wie dich gibt's haufenweis im Grab.

I

Laßt uns ziemlich Unzucht treiben.
St. Nimmerlein ist uns zu spät.
Denn wir werden doch nicht bleiben
und wer weiß, wie lang es geht.

Laßt uns gierig Mahlzeit halten,
bevor man uns den Brotkorb hängt.
Wein soll fließen, Fisch vom kalten
Meere, und die Sau gesengt.

Laßt uns mächtig Städte bauen,
die halten, wenn die Erde bebt.
Und ein Himmelsstück (vom blauen)
jedem, dem ihr Liebe gebt.

Laßt uns dauernd Frieden halten,
denn was wir haben hält uns nicht.
Und den Krieg? Den werft zum alten
Eisen, wo die Rüstung liegt.

Laßt uns schnell die Welt abrunden.
Die wir haben ist zu platt.
Leben wollen wir uns stunden.
Satt macht hungrig, hungrig satt.

Wenn wir Bier und Korn getrunken
flogen wir oft heim.
Haben Leuten zugewunken.
Gingen uns am Leim.

Und am Morgen sind gestiegen
du und ich mit Mut
aus dem Bett, das war vom Fliegen
ungemacht und gut.

Saßen in der weißen Wanne
und erklärten sie zum Meer.
Deine Körperinsel schob sich
langsam zu der meinen her.

Und wir wuchsen so zusammen
zu dem Lande du und ich,
waren Dschungel, Wüsten, Meere
und so fremd entdeckten sich

Städte, Straßen, Häuser, Gärten,
Berge brachen Feuer aus,
Wasser fluteten durchs Haus,
bis die Nachbarn sich beschwerten.

IV

Du: mit der ich teilte
Welten, Zimmer, Tisch.
Geh nicht, als enteilte
die Frau am Markt
dem faulen Fisch.

Du wärst ohne uns nicht
die du bist.
Geh nicht, als verließe
ein Gläubiger den
der schuldig ist.

Du: laß uns am Leben
auch nach unserer Zeit.
Geh nicht, als wär eben
Schluß und nichts.
Wir dauern weit.

Da ist kein Mantel.
Da gibt uns keiner was zu.
Und wenn der Wind kalt geht
spür ich ihn.
Und wenn der Wind kalt geht
spürst ihn du.

Da ist kein Hausdach.
Da hält kein Ziegel was.
Und wenn der Regen fällt
trifft er mich.
Und wenn der Regen fällt
wirst du naß.

Da ist kein Branntwein.
Da wärmt uns keiner den Bauch.
Und wenn weiß der Schnee kommt
dann frier ich.
Und wenn weiß der Schnee kommt
frierst du auch.

Da sind wir beide.
Da kommt uns keiner dazu.
Und ist schweres Wetter
halt ich dich.
Und ist schweres Wetter
hältst mich du.

Ich war hungrig,
aber dein Tisch war leer.
Ich war arm,
aber du schriest nach mehr.

Ich war müde,
aber du sprangst zum Tanz.
Ich teilte,
aber du sagtest: ganz!

Ich ging nach Osten
und im Süden warst du.
Ich suchte dich lange
und verlor dich im Nu.

Bleib nicht bei mir.
Ich zieh herab.
Ich grabe tief
an unserm Grab.

Willst du dich
lebend: dann geh.
Mich wärmen nicht
Menschen: nur Schnee.

Es war einmal ein Mann,
der liebte eine Frau,
so sehr liebt er die Frau,
sie wuchs ihm einfach an.

Sie lebten Jahr um Jahr,
die Frau liebte den Mann,
so sehr liebt sie den Mann,
daß er zur Hand ihr war.

Da kam die andre Frau.
Sie war so wunderschön.
Ein jeder konnt es sehn.
Der Mann sah es genau.

Es war um ihn geschehn.
Er liebte die Frau auch.
Das ist bei uns kein Brauch.
Es konnte nicht gut gehn.

Nun wuchsen diesem Mann
doch beide Frauen an,
so daß der arme Mann
von keiner lassen kann.

Der Mann kam nicht von frei.
Er zerrte hin und her.
Das zeigte: es war schwer.
Der Mann zerbrach dabei.

Da sprach die eine Frau:
Was ist ein halber Mann?
Was fang ich damit an?
Die andre sprach: Genau.

Da war einmal ein Mann,
der war nun ganz allein,
und träumte von den zwein
und sah zwei Wunden an.

Mein Geliebter Yilmas Silberstein
ist ohne Mantel gegangen.
Ich bitt euch gebt, wenn ihr ihn seht:
ein Schal möcht ihm wohl langen.

Mein Geliebter Yilmas Silberstein
hat Augen schwarz wie Kohlen.
Er ging zum Himmel weg um uns
zwei gelbe Sterne holen.

Mein Geliebter Yilmas Silberstein
wird morgen wiederkehren.
Die Nachbarn haben ihn ja schon
am Stadtrand weinen hören.

(sagt man)
ist uns heilig.
Mag sein. Als wir uns trafen
hatten wir es eilig.

So trieben wir's: in Kleidern
und im Stehen.
Und löschten aus das Treppenlicht
und mochten uns nicht sehen.

BEGRÜNDUNG EINER SUBJEKTIVEN WELTANSCHAUUNG

Also begehrte ich des Nächsten Weib
und sah ihr schwarzes Haar an andern Stellen
und fühlte meinen Teil verlangend schwellen
und dachte nichts als wie die Lieb uns treib

in Betten, Tage, Arbeit, Leben und
daß der, mit dem sie geht, sofort verschwände.
(Vor meinen Augen hielt sie seine Hände!)
Ich sprach: Mein Freund und dachte dieser Hund.

In dieser Sache war nichts mehr zu tun:
Ich schlich um sie und lud sie ein zum Essen
mit Witz: gut eine Königin zu messen.
Sie nahm mit Dank und ging zum andern ruhn.

Die Welt ist schlecht. Gut: Wenn ein Blitz
dazwischenführe.
Die Welt ist gut. In der Nacht stand sie vor der Türe.

KUNSTLOS

Von dir
zu sagen reicht
daß von den besten
Versen der Welt
dir keiner gleicht.

Daß von den schönsten
Bildern dich
keines faßt: daß
keine Kunst hat
was du hast.

Die Geliebte
hat zwei Augen
die sind nächtlich
wunderschön
weil sie täglich
eine ganze
Welt aufsaugen.

Die Geliebte
hat zwei Ohren
die sind nächtlich
voll Musik
weil sie täglich
anhörn Trauer
Lachen Glück.

Die Geliebte
hat zwei Hände
die sind nächtlich
zart und Halt
weil sie täglich
nehmen geben
mir uns heiß und kalt.

WOHNUNGSWECHSEL

Ich zog nicht aus,
doch du zogst ein.
Da wurd mein Haus
von mir leer deins.

Kaputt mein Glas.
Zersetzt mein Sitz.
Zerstört mein Haß.
Verlacht mein Witz.

Nun sitzt du drin.
Nun sitz ich ein.
Absinth im Sinn.
Im Blut: mein Schwein.

Dem setz ich einen Stein.
Dem bau ich eine Stadt.
Dem mach ich eine Welt.
Wohl: wer den hat.

Dem leihe ich mein Ohr.
Dem gebe ich die Hand.
Dem schenke ich mein Herz.
Wohl: wer den fand.

Dem stelle ich mich vor.
Dem laß ich was er treibt.
Dem öffne ich die Tür.
Wohl: wem der bleibt.

Ich sah dich tausendmal
in andern und erfuhr:
wer so sieht, der muß wandern.

So wandre ich durch Menschen,
Städte, Tage, Betten
und träum: daß manche Häuser
keinen Ausgang hätten.

Das Blatt fällt aus dem Pappelbaum.
Das Blatt fällt von mir ab.
Prost Bruder, komm ins Grab,
da ist es warm, da frierst du kaum.

Der Regen schwemmt die Sonne weg.
Der Regen schwemmt mich auch.
Ich faule in Gebiß und Bauch
und spül den Tod mit Kornschnaps weg.

Der Wind geht durch das dünne Haar.
Der Wind geht kalt ums Bein.
Ich hör die Windsbraut schrein
nach Tagen als es Frühling war.

Der Schnee legt sich ins Baumgeäst.
Der Schnee legt sich auf mich.
Geliebte eile dich
solang die Last sich tragen läßt.

Was hast du, Anna?
Du atmest so sehr.
Aber nein, Liebster.
Ich komme vom Kaufen.
Es war viel zu laufen.
Es ist die Tasche, Liebster.
Es ist die Tasche
schwer.

Was hast du, Anna?
Die Hand ist so kalt.
Aber nein, Liebster.
Es ist nur das Wetter.
Es fallen die Blätter.
Es ist der Winter, Liebster.
Es ist der Winter
bald.

Was hast du, Anna?
Dein Haar ist so grau.
Aber nein, Liebster.
Ich backe nur Kuchen.
Ich backe nur Kuchen.
Es ist das Mehl, Liebster.
Es ist das Mehl
schau.

IV

SIEBEN HÄUTE

Ich hatte sieben Häute.
Nun bin ich wund.
Die erste: fiel zur Beute
Menschen Wolf und Hund.

Die zweite: kürzten Löhne.
So wuchs ich arm.
Die dritte: kleidet Söhne.
Ich wurd nie warm.

Die vierte: abgezogen
von Mann zu Mann.
Die fünfte: war gelogen.
Die trug mich lang.

Die sechste ist geworden
mit Löchern hart.
Für sieben: Hoffnung Morgen
hab ich gespart.

Bei Bethlehem die Hirten
tun nichts als
den Tod zu bewirten.

Der Tod hat drei Könige.
Der eine bringt Geld für wenige.
Der zweite bringt viele ums Brot.
Der dritte schlägt alle blutrot.

Das Kind in der Krippe
schreit nichts mit
zerschlagener Lippe.

Maria liegt, den Schädel gespalten.
Josef kann vor Hunger sein Wasser nicht halten.
Von Ochs und Esel blieb ein Strick.
Ein irrer Engel erhängt sich vor Glück.

Bei Bethlehem die Hirten
tun nichts als
den Tod zu bewirten.

Am Himmel steht der Morgenstern
und taumelt, fällt, zerschlägt
die Erde gern.

Der Joker träumt von seinem König Lear
und starrt ins Whiskyglas mit Mut.
Die Bitterkeit schmeckt flüssig gut.
Das Abendland: O that's my baby, sir.

Die Zukunft heißt jetzt schlicht Erinnerung.
Der Schnee aus dem vergangnen Jahr
als Leben vor Karriere war.
Der Überdruß wär gerne wieder jung.

Er sitzt bequem und atmet dicke Luft.
Ein Mann der Mitte, also schief.
Die Bilder stehn im Genitiv.
Das klingt im Deutschen gut nach Dichtergruft.

Der Joker hat sein Fett mit Angst vor Ranzigkeit
und Alter.
Nach rückwärts giert das Land und seine
Wortverwalter

DIE PLÖTZLICHE EINSAMKEIT DES GENERALS

Wenn er kommt fällt die Straßenbahn
vom Gleise und versteckt sich
kein Tischlein hier bedeckt sich
wenn er kommt kräht kein Hahn.

Der Regenbogen holt sich ein
der Fluß fließt weg es schwenkt
kein Mensch ein Tuch es fängt
ein Kind laut an zu schrein.

Was Luft ist macht sich dünn der Witz
wird bitter selbst der Regen
verpißt sich es bewegen
sich Berge schnell vom Sitz.

Die Zukunft flieht: ich bin kein Ziel
kein Mensch will sich mehr richten
die Landesfahnen flüchten
wenn er kommt ins Exil.

Wenn er kommt ist das Land entleert
die Sinne schwinden keiner
zu Diensten Ende Einer
ihn grüßend ist entehrt.

DER UNTERGANG DER WELT IN DER GASTSTÄTTE ZUM HASENBERG

Als gestern die Vögel in der dicken Luft stehenblieben: wußten wir: das ist das Ende. Und spuckten noch einmal in unsere Hände und sagten: der Ort, wo wir sind, sei unsere Gruft.

He, Wirt: riefen wir: nun aber weg mit dem Geld. Laß laufen den Hahn. Es lebe das Bier. Und ließen uns gehen und blieben doch hier. Das wär nicht gekommen, rief Franz, wär besser die Welt.

Und gingen das Ganze noch einmal durch. Der Fritz meinte, daß es die Atome sein müssen. Und einer rief: das ist die Gottlosigkeit! Und einer rief: Nieder mit Thyssen! Und Kurti sagte: was soll's, am Ende überleben doch nur Alge und Lurch.

Schluß: sagt auch der Wirt und: Sense und schiebt die Gitter rauf. Wir geben ein Trinkgeld und heben das Ende für morgen auf.

Da singt eine.
Niemand ist da
als die Maschine
Musik: bediene
dein Glück.

Da heult eine.
Niemand ist da
als die Zapfhähne
Sehnsucht: Glück Strähne
zur Flucht.

Da zahlt eine.
Niemand ist da
als die Geldkatze
Leben: ich kratze
dich schön.

Ich: gescheitert. Nicht ein Scheiterhaufen:
schrieb nichts was den Polizisten brennt.
Wo was lief: Beinbruch: ich ließ es laufen.
War bestrebt: daß mich die Presse kennt.

War beliebt: ich wurd oft eingeladen.
Schinderkarren haben ein Buffet.
Zwei und zweie grad sein: ließ ich graden
Leuten. Streit tat meinem Konto weh.

Nur die Nächte und die Spiegel schrecken.
Seh ich mich: ich könnt mir selber spein.
Weiß: ich eckte an an runden Ecken.

Warf nie wo ich sollte einen Stein.
Des nachts: die Morde, wozu ich geschwiegen.
Weiber kenn ich, die mir nicht mehr liegen.

Mit dem: zehn Jahre. Jetzt macht er die Flitze
in andre Betten. Sagt: Weil ich das brauch.
Ich wollte leben. Hab: zwei Kinder, Bauch,
von ihm das Geld, die Hemden, Spülblech, Witze.

Als er nicht heimkam, ging ich Gans ihn holen.
Jung ist die andre. Ich bekam Kaffee.
Er zog sich an. Sie sagte: Wie ich seh
wär's nun passiert. So blieb er mir gestohlen.

Die Tage steh ich an der Kaufhauskasse.
Zur Nacht schneit mich das Fernsehn bläulich ein.
Die Kinder fragen, und ich möchte schrein.
Ich hasse mich, weil ich ihn hasse.

Wenn alles schläft, spring ich ins Auto, denn
mir droht die Zimmerdecke.
Ich fahr in meine Haut und spür, wie sehr
ich noch in seiner stecke.

Von dem was schön ist fürchten wir: Verlust,
weil jeder Blume Blatt doch fällt.
Geh nicht, bevor du gehen mußt
und nenn nicht schwach, was uns noch hält.

So werden dir die eignen Augen blind
und sehen nichts vom Tag vor Nacht.
Ich suche dich. Bevor ich find
hast du das Licht schon ausgemacht.

Und brauchst doch nur zu sehen: dich und mich.
Wir sterben nicht vor unsrer Zeit.
Zwei halten sich und nähren sich

aus Sattheit, Durst, Befriedigung und Leid.
Und sterben, wachsen über sich hinaus
und fallen, steigen und halten sich aus.

1
Ich geb zu: ich war's.
Der Rest ist Legende. Die Silberlinge
warf ich in keinen Tempel, sondern
für einen überzahlten Acker
in die Hand eines Wucherers.
Der mir zugesagte Strick
war meinem Ochsen angemessener
und die Geschichte meines Verrats
gab ich zum Besten den Zeitungen.
Die druckten, was überkam: das Papier
vergötzt den Fluch der bösen Tat.

2
Verräter nennen sie mich weil
ich sah daß die Sache schief ging
(von wegen: halt die andre Wange hin).
Ihn zu reizen, zurückzuschlagen
verriet ich ihn, einzig
Petrus verstand meine Botschaft:
das abgeschlagne Ohr hörte
mehr als die unverletzten.
Die Silberlinge, die mir zu Last
gelegt wurden von der Geschichte
beschwerten meinen Strick, unwesentlich.

Was rollt der denn
den Berg rauf: das sträubt
spreizt sich am Hügel stemmt
Hand, Fuß und Kopf in jede Spalte
hängt an Wurzelwerk und Gräsern
und wird hochgebracht Sisyphos
schwitzt und wie er keucht
und wie sich das sperrt noch unterm Gipfel
Sisyphos und sein Mensch auf der Höhe
starren sich an für ein Grinsen
miteinander voneinander erlöst bevor
der mit Gewalt Geförderte wieder zurückfällt.

1
Wenn ich tot bin singt
mir ein schönes Lied.
Bin nicht gern gegangen.
Ging nur, weil's geschieht.

2
Gebt mir Hände Erd.
Geht dann leis von hier.
Schade um die Sonne,
die ich nicht mehr spür.

3
Sagt mir etwas nach.
Macht kein großes Wort.
Haltet, was ich liebte
gut an unserm Ort.

4
Tretet nicht das Gras.
Es kann nichts dafür.
Denkt, es wachsen Gräser
einmal auch aus mir.

Wir haben manchen Hasenwirt bestochen
mit Mann und Frau und Schnaps und Bier.
Die Hinterzimmerkälte ist in uns gekrochen.
Die Wärme, die wir hatten, waren wir.

Wir haben bald das schnelle Morgenrot begraben.
Wir haben, das ist schwer, das Heuterot gewollt.
Wer arbeitet soll, sagten wir, was davon haben
und: daß kein Mensch dem andern Feind sein sollt.

So leben wir, die Nächte oft zu Tagen machend
im reichen Land: wo Haß den Hauswirt macht.
Vor lauter Angst sieht man uns viel zu selten lachend.

Vor lauter Tagen sehen wir oft keine Nacht.
Wenn ihr uns seht: schlagt um uns weder Kreuz noch
Bogen.
Die euch um Besseres betrügen haben auch uns
betrogen.

In schwachen Zeiten zählt ein jeder Tag nach Stunden
und großes Wissen macht sich klein und ungewiß.
Manch Freund, Genosse bessrer Tage, ist verschwunden.
Sah dünne Haut, die hielt, und manche Hornhaut,
die doch riß.

Die langen Tage sind auch in mein Fleisch geschnitten.
Hab mir im Streit manch blaues Auge abgeschminkt,
vor Wut geheult, wenn wir nicht vorwärtsschritten,
die Wut verraucht und Müdheit müde abgewinkt.

Bin so zehn Jahr zu mir gekommen und Genosse
des Landes, wo der Krieg im Alltag steht.
Bin elend oft vom Elend in der Neongosse

und leb von jeder Nachricht: wo es besser geht.
Leb für den Tag. Wünsch mir: nichts aufgeschoben.
Sehn' mich nach Morgen, die den Abend loben.

ZU BRECHTS GEDICHT »DER RADWECHSEL«

Die Luft ist raus.
Ich schrieb den Vers:
mein Leben war
mein Schluß: das wär's.

Dazwischen oft:
Die Luft ist raus.
Ein Fahrer pumpt.
Ich ruh mich aus.

Der Fahrer schreit.
Der Pneu hält gut.
Was meinem Vers
den Abbruch tut.

Spät abends zeigen wir die tiefen Wunden.
Wie süchtig nehmen wir das Mitleid an.
Ich sah Genossen, die nicht mehr gesunden
von Schmerzen, die Genossen sich getan.

Den hat, vor lauter Mühe, man vergessen.
Den hieß, im Streit der Worte, einer Feind.
Den hat niemand mit seinem Maß gemessen.
Der hat, in großer Not, allein geweint.

Seht: enggewachsen ist manch gutes Auge.
Hört: ausgespuckt aus Worten Freundlichkeit.
Sprecht nicht, als wär in unsern Mündern Lauge,

die wegätzt jedes Wort von unserm Leid.
Wahr ist: der Feind hetzt uns mit vielen Hunden.
Gebt acht auf alle, die mit uns verbunden.

Hier liegen wir und fürchten gar nichts mehr
als jene Augen dicker Frauen,
die uns auf Maul und Kiemen schauen,
da macht kein Händlerlob und Schrei uns schwer.

Die Hände drehn uns vor, zurück, nach vorn.
Die Messer silbern uns die Häute.
Selbst unsre Gräten finden Leute.
So endend geht kein Teil von uns verlorn.

Wir liegen königlich auf Marmorstein.
Das Volk flaniert die Sarkophage
und wählt uns pfundweis alle Tage.
Dies wissend, wolln wir gern gegessen sein.

Trotz irrer Welt: in Haut und Haaren ein Sonett,
damit die Erde fassungslos die Fassung kriegt,
worin das Wort das Chaos Wirklichkeit besiegt,
damit der Mensch aus Worten Taten Hoffnung hätt;

damit die Ichsucht nicht das Leid der Welt verhöhnt,
damit wer haltlos fände einen Traum von Halt,
damit wer einsam ist sich nicht für sich behalt,
damit die Welt sich nicht an ihre Fratz gewöhnt,

hat Jesse irr den Kopf zerreimt, gekämmt, zerrauft,
den Stein beflügelt und die Sterne nachgezählt,
die Leute angebetet, Gott und Tod gequält,
die Welt in Kauf genommen und nicht abgekauft,

das Leben ausgelebt: der hat sich nichts erspart.
Das Lob der Vorstadt sagt: der war von Jesses Art.

Der Lyriker Jesse Thoor, 1905 in Berlin geboren, emigrierte 1933 nach Wien und floh 1938 nach London. Nach Österreich zurückgekehrt, starb er 1952 in Lienz.

Lissi im Zimmer
ruft ihren Liebsten
und nennt ihn Tisch.
Dort hat er gesessen.
Dort hat er gegessen
von Brot, Wein und Fisch.

Lissi im Zimmer
ruft ihren Liebsten
und nennt ihn Tuch.
Dort hat er gelegen.
Dort liegt seinetwegen
ein Bild und ein Buch.

Lissi im Zimmer
ruft ihren Liebsten
und nennt ihn Licht.
Da war schwarz das Zimmer.
Da war nicht ein Schimmer
und einer kam nicht.

Ich habe gesagt: Wolken:
bedeckt die Geliebte
wenn ihr die Sonne zu heiß wird.
Fluß: teil dich, wenn sie ans Ufer kommt.
Häuser: nehmt sie auf, wenn sie ermüdet
und Tische: laßt sie zu.
Wiesen: bindet ihr einen Strauß
und Vögel: singt ihr ein Lied,
wenn sie erwacht. Steine:
geht aus dem Weg, den sie nimmt
und Berge: versetzt euch, wenn nötig.
Meere: tragt ihren Körper zu den Kontinenten.
Städte: seid freundlich.
Menschen: liebt, die ich liebe.
Ich habe das gesagt. Nun geh.
Hab keine Angst. Man hört auf mich.

MEIN ENGEL IST TOLL GEWORDEN

Füttert mich ab.
Fragt: Was ich hab?
Zahlt mir mein Bier.
Wäscht mein Geschirr.

Näht mir mein Hemd.
Geht mir nicht fremd.
Nimmt mich vorlieb.
Sagt mir nicht: Gib.

Geht mir zur Hand.
Setzt mich instand.
Tut mich ermorden.
Mein Engel ist toll
geworden.

Will sein: der Liebsten Bett
daß sie von harter Erd
kein Spüren hätt.

Will sein: der Liebsten Schuh
daß sie an keinem Stein
sich stoßen tu.

Will sein: der Liebsten Kleid
daß sie an keinem Frost
ein Wunden leid.

Will sein: der Liebsten Brot
daß sie kein Grimmen und
kein Sorg bedroht.

Will sein: der Liebsten Aug
daß sie vermehrter säh
was Welt ihr taug.

Will sein: der Liebsten Baum
daß sie ein Schatten find
und hell ein Traum.

Will sein: der: der ich bin
daß sie von meiner Art
käm zu sich hin.

1972
Grabschrift Iain MacLeod
1974
Grabschrift Knigges
1975
Im siebten Jahr. Bericht III
1976
Ballade von Samstag auf Sonntag, Der Schrei,
Ballade von Dreien, Ballade von den Nachbarn, Der Flieger Chavez, Hanne, Liebeslieder, Ballade von Kätchen Amel
1977
Der Trinker, Die Kellnerin, Die Frau des Arbeitslosen, Kinky Nummer eins, Ballade von der Hester Jonas, Schwäche,
Dmitri Michailowitsch Karbyschew, Mein Vater, Moritat,
Fische auf dem Fischmarkt
1979
Im Posthörnchen, Die Zeichnung, Barackensuse,
Der Untergang der Welt in der Gaststätte Zum Hasenberg,
Die Liebenden, Poberniks Lied
1980
Brief, Ich war hungrig, Sisyphos II, Bericht I, Bericht II
1981
Die Freigesetzten, Die Bewohner der Bahnhöfe, Babeck,
Kinderlied in schlechter Zeit, Fetzerballade, Der Überlebende,
Spruch, Karneval, Nach einer Krankheit, Lied, Die erste Liebe, Begründung einer subjektiven Weltanschauung, Herbst,
Dreißig, Zu Brechts Gedicht »Der Radwechsel«
1982
Ahasver, Bei Bethlehem, Man hört auf mich
1983
Wie es geht, Hymne, Lebhafter alter Mann, Bettellied, Sisyphos I,
In dieser Nacht, So wünschte ich, Überwintern, Dem, Zwei,
Die Geliebte, Kunstlos, Wohnungswechsel, Sieben Häute,
Die plötzliche Einsamkeit des Generals, Gaststätte,
Das Ansehen eines Dichters, Lissi im Zimmer, Alter Narr,
Von Jesses Art, Mein Engel ist toll geworden, Verwandlung
1984
Letzte Nachrichten, Judas-Versionen

Lyrik

Nisametdin Achmetow
Die Straße der Freiheit
Gedichte. Band 9277

Ilse Aichinger
verschenkter Rat
Gedichte. Band 5126

Rose Ausländer
Blinder Sommer
Gedichte. Band 5199
Ich spiele noch
Band 10421
Ich zähl die Sterne / meiner Worte
Gedichte 1983
Band 5906
Im Atemhaus wohnen
Band 2189
Mutterland / Einverständnis
Gedichte. Band 5775
Der Traum hat offene Augen
Unveröffentlichte Gedichte 1965–1978
Band 9172

Wolfgang Bächler
Ausbrechen
Gedichte aus 20 Jahren
Band 5127
Die Erde bebt noch
Frühe Gedichte 1942 bis 1957
Band 9174
Nachtleben
Gedichte. Band 5872

Hans Bender (Hg.)
In diesem Lande leben wir
Deutsche Gedichte der Gegenwart
Band 5006
Was sind das für Zeiten
Deutschsprachige Gedichte der 80er Jahre
Band 9553

Jürgen Born (Hg.)
Wenn der Abend kommt
Gedichte und Lieder aus vier Jahrhunderten
Band 9228

Joseph Brodsky
Gedichte
Band 9232

Charles Bukowski / Carl Weissner
Terpentin on the rocks
Die besten Gedichte aus der amerikanischen Alternativpresse 1966–1977. Band 5123

Paul Celan
Die Niemandsrose / Sprachgitter
Gedichte. Band 2223

Das deutsche Gedicht
Vom Mittelalter bis zum 20. Jahrhundert
Band 155

Hilde Domin
Hier
Gedichte
Band 10600
Doppelinterpretationen
Hilde Domin (Hg.)
Das zeitgenössische Gedicht. Band 1060

Fischer Taschenbuch Verlag

fi 145/9a

Lyrik

Odysseas Elytis
To Axion Esti – Gepriesen sei
Gedichte und Prosa. Band 5029

Erich Fried
Anfechtungen
Gedichte
Band 10343
Befreiung von der Flucht
Gedichte und Gegengedichte. Band 5864
Frühe Gedichte
Band 9511
Reich der Steine
Zyklische Gedichte
Band 5959
Warngedichte
Band 2225
Die Freiheit den Mund aufzumachen
Achtundvierzig Gedichte
Band 10344

Walter Helmut Fritz
Mit einer Feder aus den Flügeln des Ikarus
Ausgewählte Gedichte
Band 9266

Yvan und Claire Goll
Traumkraut / Die Antirose
Gedichte. Band 9590

Jana Halamičková (Hg.)
Die Kinder dieser Welt
Gedichte aus zwei Jahrhunderten
Band 10039

Peter Hamm
Der Balken
Gedichte
Band 5314
Die verschwindende Welt
Gedichte
Band 9173

Klaus Hensel
Oktober, Lichtspiel
Gedichte. Band 9509

Stephan Hermlin
Gesammelte Gedichte
Band 5125

Peter Huchel
Chausseen, Chausseen
Gedichte. Band 5120

Marie Luise Kaschnitz
Überallnie
Ausgewählte Gedichte 1928–1965
Band 5820

Michael Krüger
Aus der Ebene
Gedichte. Band 5865
Diderots Katze
Gedichte. Band 2256
Die Dronte
Gedichte. Band 9222

Fischer Taschenbuch Verlag

fi 145 / 12 b

Collection S. Fischer

Lothar Baier
Jahresfrist
Erzählung
Band 2346

Thomas
Beckermann (Hg.)
Reise durch die Gegenwart
Ein Lesebuch
Band 2351

Herbert Brödl
Silvana
Erzählungen
Band 2312

Hermann Burger
Die allmähliche Verfertigung der Idee beim Schreiben
Frankfurter Poetik-Vorlesung
Band 2348

Karl Corino
Tür-Stürze
Gedichte
Band 2319

Clemens Eich
Aufstehn und gehn
Gedichte
Band 2316
Zwanzig nach drei
Erzählungen
Band 2356

Ria Endres
Am Ende angekommen
Band 2311

Dieter Forte
Jean Henry Dunant oder Die Einführung der Zivilisation
Ein Schauspiel
Band 2301

Wolfgang Fritz
Zweifelsfälle für Fortgeschrittene
Roman
Band 2318
Eine ganz einfache Geschichte
Band 2331

Wolfgang Hegewald
Das Gegenteil der Fotografie
Fragmente einer empfindsamen Reise
Band 2338
Hoffmann, Ich und Teile der näheren Umgebung
Band 2344
Jakob Oberlin oder die Kunst der Heimat
Roman. Band 2354
Verabredung in Rom
Erzählung
Band 2361

Egmont Hesse (Hg.)
Sprache & Antwort
Stimmen und Texte einer anderen Literatur aus der DDR
Band 2358

Fischer Taschenbuch Verlag

fi 176/14 a